Pablo Neruda

Twenty Love Poems
and a Song of Despair

[智利] 巴勃罗·聂鲁达 —— 著

张羞 —— 译

二十首情诗

和

一支绝望的歌

广东人民出版社

·广州·

巴勃罗·聂鲁达

Pablo Neruda

这是一本令人惊异的田园诗集。写的虽是春期把我折磨得死去活来的情欲，无形蕴含国藏万气等遍人的大自然景色，在令人迷惑的忧伤色感中迸现出生的欢乐。

目录

Contents

PART1

二十首情诗和一支绝望的歌

Twenty Love Poems and a Song of Despair

002　第一首诗

004　第二首诗

006　第三首诗

008　第四首诗

010　第五首诗

014　第六首诗

016　第七首诗

018　第八首诗

020　第九首诗

022　第十首诗

024　第十一首诗

026　第十二首诗

028　第十三首诗

030　第十四首诗

034　第十五首诗

036　第十六首诗

038　第十七首诗

042　第十八首诗

044　第十九首诗

046　第二十首诗

050　绝望的歌

PART 2

The Captain's Verses

058 大地在你里面
060 女皇
062 你的脚
064 你的手
068 你的笑声

072 岛上的夜晚
076 岛上的风
080 无限者
082 丽人
088 缺席
090 虎

092 秃鹰
094 爱
096 总是
098 走偏
100 问题
104 伤害
106 井

110 假如你忘了我
114 你会来的
118 贫穷
120 生命
122 旗
124 不仅仅是火焰
128 死者

PART3 爱的十四行诗
Love Sonnets

- 134 你会记得那一条任性的小溪
- 136 跟我来!
- 138 如果你的眼
- 140 在那儿,海浪撞碎
- 142 我渴望你的嘴
- 144 丰腴的女人
- 146 我喜欢像一小片土地的你
- 148 我爱你,不是
- 150 哦,愿所有的爱
- 152 在爱上你以前

VI

154 赤 裸

156 我的心上人

158 你得明白

160 不要走远了

162 两个幸福的恋人

164 那些骗子

166 悲哀是我

176 我以为

174 在我死去时

172 今天是今天

170 我不爱你,除非

168 我不爱你

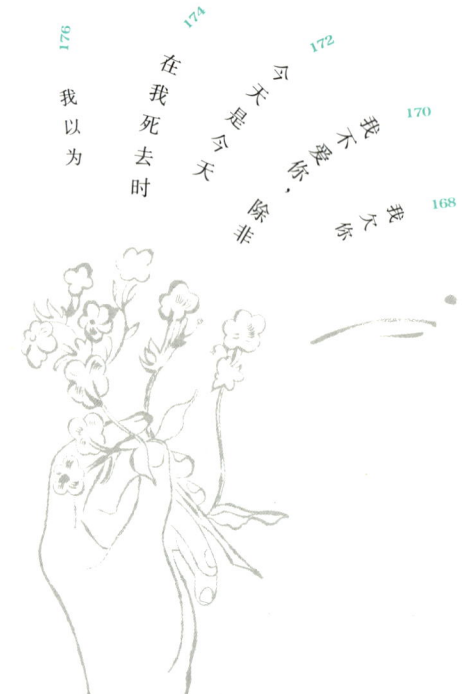

PART4

集外选

Others

180 假如白昼堕入……

182 爱

Appendix

* 附录

187 1971年诺贝尔文学奖颁奖词

192 获奖致辞：向着光辉之城

生命如此充盈

以致花朵枯萎

满是悲伤。

PART 1

二十首情诗

and a Song of Despair

和一支绝望的歌

第 一 首 诗

女人的肉体，白的山丘，皎洁的光腿，

你像极了一个世界，在臣服中躺下。

我以狂野农夫般的躯壳挖你，

使那个孩子从大地的深处跃出。

我像隧道般孤独。鸟群逃离我，

夜晚用它那碾轧式的入侵淹没我。

为了拯救自己，我把你锻造成一件武器，

就像箭在我的弓上，石头在我的投石器中。

但复仇的时刻终究会来，而我，爱你。

肌肤、苔藓般的绒毛、饥渴而坚挺双峰的肉体。

啊，乳房的高脚杯！哦，迷离的双目！

啊，耻骨上的粉玫瑰！哦，你缓慢而悲伤的呻吟！

我女人的肉体,我必珍守你的恩典。
我的渴,我无穷的欲,我变幻不定的路!
黑暗的河床,永不停歇的渴望流淌着
随后厌倦来临,那无止境的哀痛。

第 二 首 诗

光把你围拢在它致命的火焰中。
失神而暗淡的哀悼者,就那样站着
背对那旧螺旋桨般
在你身边旋转的暮色。

无语,我的朋友,
独自一人在这死亡的时辰中
被灌满火的生命——
被摧毁的日子的纯正继承者。

一串阳光的果子落上你的深色外套。
夜的巨大根系
从你的灵魂中突然长出,
那藏匿在你里面的事物再一次重现
因此,一个忧郁而苍白的民族,

你的新生儿,获取了养分。

哦,宏伟、旺盛,富有磁性的奴隶
依次穿过黑色和金色的轮回:
升起,引领并支撑起一个创造天地
生命如此充盈,以致花朵枯萎,满是悲伤。

第 三 首 诗

啊,松林广阔,松涛低语

光缓慢游戏,钟声孤零,

暮色降临在你的眼中,玩偶,

大地在自身中歌唱!

众河在你身上吟诵!而我的灵魂遁入其中

遵照你的意愿,你将把它送往心仪之所。

你的希望之弓瞄准我要去的路

在一阵迷狂中,我释放出成群的箭矢。

我看见你迷雾般的腰将我缠绕,

你的沉默紧追我痛苦的时光;

我被锚定的吻,我潮湿的情欲巢窝,

在你透明又卵石般坚硬的怀中。

啊,在嘹亮而垂死的夜,

你那神秘的低语让爱变得脆弱和扭曲!

如此,我便在深夜凝视这田野,

麦穗不停地在风的嘴里敲鸣。

第 四 首 诗

在夏天的中心

早晨正在充满风暴。

云层游荡,像白色的告别手帕,

风用力挥舞它们。

风中无数的心脏

在我们爱的沉默之上敲打。

管弦乐和圣神,回荡在整片树林间

就像一种充满战争和颂歌的语言。

那以疾速狂扫枯叶和

使鸟群惊悸的箭矢转向的风。

那把她翻搅成没有泡沫的狂浪，

使之失去物质的重量，让火焰倾斜的风。

她那一大堆的亲吻破碎，沉没，

在夏风的大门上遭到重击。

第 五 首 诗

那样你就会听见我

我的话

它有时会变薄

正如贼鸥在沙滩上留下的足迹。

项链,醉汉的铃铛

为你那葡萄般光滑的手。

我在很远的地方看着我的话。

它们是你的而不是我的。

它们爬上我这棵苦楚老朽的常春藤。

与它在沮丧的墙上爬行的方式一样。

你得为这残酷的赛事负责。

它们正在逃离我的黑暗巢穴。

你把一切填满了,你填满了所有。

在你面前,它们占领了你所居住的荒野,
它们比你更习惯于我的悲伤。

现在,我想让它们说出我想对你说的
让你听到我想让你听到的。

苦恼的风仍像往常一样拽着它们。
有时梦的飓风仍会将它们击倒。
你一定听到了我痛苦声音中的其他声音

古老的哀叹,重复的恳求,嘴在滴血。
要爱我,同伴。别丢下我,跟着我。
跟随我,同伴,在这波痛苦中。

但我的话被你的爱染上血色。

你占据了一切,你占领了所有。

为了你洁白光滑如葡萄的这双手,

我要把它们拧结成一条延绵无尽的项链。

第 六 首 诗

我记得你在上个秋天的样子。

戴着灰色贝雷帽,沉静的心。

暮色的火焰在你眼中燃烧。

树叶坠落在你灵魂的水面。

像一支攀藤紧缠我的臂膀,

叶片采集你缓慢而平和的气息。

我在饥渴之火中昏迷

甜蜜的蓝色风信子扭曲了我的灵魂。

你目光游荡,秋天已远去:灰色贝雷帽,哀鸣的

　鸟,房子一样的心,

我是如此渴望迁徙到那里

我的吻落了下来,快乐如同灰烬。

从船上仰望天空,从山顶俯视田野:

你的记忆是光,是烟雾,是沉静的池水!

借助你的视线抵达更远的地方,夜色正闪耀。

秋天的枯叶在你的灵魂深处盘旋。

第 七 首 诗

斜倚午后我把悲伤之网
扔向海洋般的你的眼。

守着熊熊烈火,我的孤独在蔓延,闪耀。
它的手臂像一个溺水者那样抱住我。

穿过你迷离的双眼我发射出红色信号
就像灯塔扫荡附近的大海。

而你只守护黑暗,我遥远的女人,
恐惧的海岸在你的凝视下时隐时现。

斜倚午后我把悲伤之网
撒进反复击拍你眼眶的大海。

夜鸟啄食初升的星辰

当我爱你，它们就像我的灵魂那样闪耀。

夜色在它的阴影中如母马般疾驰

在旷野上抖落蓝色的流苏。

第 八 首 诗

白蜂,你在我灵魂中嗡鸣,醉昏在蜜汁里,
你的飞行在缓慢的烟雾中煽起旋涡。

我是一个无望的人,没有回声的词语,
失去一切,亦拥有一切。

最后的缆绳,紧缚在你身上我最后的渴望。
在我的荒地上你是最后一朵玫瑰。

啊,沉默如你!

闭上你深邃的眼眸。夜晚在颤抖。
啊,你的肉体,一尊惊恐的赤裸雕像。

你拥有暗夜涌动的深邃眼眸,
冰凉的花瓣,粉色蔷薇。

你的胸脯如同雪白蜗牛。

一只昏暗的蝴蝶落在你的肚子上睡着了。

啊,沉默如你!

这正是你缺席的孤独。

下雨了。海风在猎杀离群的海鸥。

雨水赤脚行走在潮湿的街道上。

那棵树的枝叶像犯病似的抱怨着。

白蜂,即使你飞离,你仍在我灵魂中嗡鸣。

你再次在时间中复活,纤弱,不说话。

啊,沉默如你!

第 九 首 诗

沉醉于松林和长吻中,

就像夏天,我驾驶着玫瑰的帆船,

弯着腰走向薄日的死亡尽头,

陷入我对大海牢不可破的狂热。

一身苍白,与吞噬我的水绑在一起,

在裸露的酸腐味中巡航,

但仍披上了那忧郁与苦涩的声音

和一片被遗弃的悲哀的浪尖。

被激情淬炼,我骑上我独一的波浪,

月亮、太阳、炽热与极寒,只是突然间,

被困在了如冰凉臀部般洁白和甜蜜的

幸运岛群的喉咙中。

潮湿的夜，我布满颤抖的吻的衣服

因大量电流而精神错乱，

被分割成无数碎梦，

还有醉人的玫瑰也在我身上练习。

而在上游，在潮水外围，

你平展的肉体屈从在我的怀抱里。

如同永系在我灵魂上的一条鱼，

亦快亦慢，游荡在天空下的能量中。

第十首诗

我们甚至已经失去了这个黄昏。

当这蓝色的夜晚从世界跌出,

没有人看到我们手扣着手。

我从窗户看到

远处山巅上日落的盛事。

有时是一片余晖

像一枚硬币在我手中燃烧。

我以紧握的灵魂记着你

在我的哀伤中你可知道。

那时你在哪里?

还有谁在一起?

说了些什么?

为什么全部的爱会突然降临在我身上

我如此难过,你离我如此之远?

那本总是在黄昏时分打开的书掉落

我的斗篷像一条受伤的狗在我的脚下打滚。

总是,你总是退回到黑暗中

沿着那暮色抹去雕像的方向。

第 十 一 首 诗

几乎脱离天空,半个月亮

在两条山脉之间抛下锚。

旋转,游荡的夜,挖出眼睛。

让我们看看池水中有多少破碎的星。

它在我双眼间架起一个哀悼的十字架,逃走了。

蓝色金属的铁匠铺,停止搏斗的夜,

我的心像失控的轮子那样旋转。

女人,来自远方,又引领我走得更远,

你的目光有时在天空中一闪即逝。

伴同那轰隆声,风暴与狂怒的气旋,

穿越我的心而永不停歇。

坟墓的风带走,摧毁,驱散你死气沉沉的根。

在她另一边的巨树被连根拔起。

可是你，晴朗的女人，烟雾似的猜疑，玉米的流苏。
你由闪亮树叶在风中制成。
在夜行的山脉身后，大火中的白百合，
啊，我什么都不能说！你是由万物构成的。

渴望把我的胸部切成碎片，
是时候选择另一条路了，那里，她决不展露笑容。
暴风雨掩埋了铃声，这折磨人的泥浆般的漩涡，
为何到现在才触摸她，为何让她伤心。

哦，沿着这条远离一切的路，
没有痛苦、死亡和寒冬在那里等候
透过露水它们的眼睛睁开了。

第 十 二 首 诗

对于我,你的乳房足以,

如同我的翅膀足以让你自由。

那昏睡在你灵魂上的东西会升起,

从我的嘴巴直达天堂。

这是你每天在幻想的。

你的到达如露水降临花冠。

你的缺席破坏了地平线。

像海浪似的,你永远在避开风头。

我曾说过你在风中歌唱

像松树和桅杆。

像它们一样,你又高又冷漠,

又像一次远航,突然悲伤起来。

你就像一条老路为自己收集东西。

你总是居住在回声和怀旧中。

我醒时,那沉睡在你灵魂里的鸟群

又要开始迁徙与逃离。

第 十 三 首 诗

我已在你肉体的地图上

用火十字架做了标记。

我的嘴正想越过:一只蜘蛛却试图躲藏。

在你里面,在你身后,羞怯,被饥渴驱使。

在暮色的岸边告诉你的故事,

伤感而温柔的玩偶,你不该再悲伤了。

天鹅,树,遥远而快乐的东西。

葡萄的季节,成熟而富饶的季节。

我住在一个我爱着你的港湾。

孤独与恍惚与沉默交织在一起。

被囚禁在大海与悲伤之间。

在两个不动的船夫之间妄想,精神错乱。

在嘴唇和胡话之间有些东西在死去。

一些带鸟翅的东西,带有剧痛和使人昏迷的东西。

就像一张网无法抱住水。

我的玩具,我的宝贝,只剩下几滴水在颤抖。

然而,即便在这些逃亡的话中仍有东西在歌唱。

在歌唱,仍有东西爬进我贪婪的嘴里。

哦,是的,仍可以用全部快乐的话来颂扬你。

歌唱,焚烧,逃窜,就像疯子在狂敲钟楼。

我悲伤的柔软,是什么忽然涌上你心头?

当我抵达最险、最冷的顶峰

我的心如夜花关闭。

第十四首诗

你每天都与宇宙的光在玩。
狡黠的访客,你来到花丛与水里。
比起我当作一个水果那样紧握着的白色的头
你更重要,在每天,在我手中。

自从我爱上你,你就不再是任何人了。
让我把你撒在这黄色的花冠上。
是谁在南方的星空中用冒烟的文字写下你的名字?
哦,让我记住你存在之前的样子。

突然,风号叫着猛击我紧闭的窗户。
天空如同一张巨网,塞满了鱼的阴影。
在这里,所有的风迟早都会消散,所有的风。
雨水脱掉了她的衣服。

鸟群飞过,逃离。

风。风。

我只能与人的力量搏斗。

风暴卷走乌黑的落叶

解散昨晚停泊在天空中的所有船只。

你在这里。哦,你别想逃跑。

你要答复我最后的哭泣。

抓紧我,就像你被吓坏了一样。

即使一道古怪的阴影曾掠过你的眼睛。

现在,就是现在,小东西,你为我带来忍冬花,

就连你的乳房也弥漫着这股味儿。

当悲伤的风开始大量杀戮蝴蝶

我在爱你,我的幸福咬着你嘴里的李子。

为何你非要为了适应我而受难,

我野蛮、孤独的灵魂,我那使它们全部逃散的名字。

有太多次我们看到晨星燃烧,亲吻我们的眼睛,

再旋转如扇驱散我们头顶的夜色。

我的话雨点般落在你身上,抚摸你。

我长久爱着你沐浴在阳光下的珠母层般的肉体。

我甚至认为你拥有整个宇宙。

我要从山中给你带来快乐花朵,风铃草,

黑榛子和一篮篮野生的吻。

我要

对你做,

就像春天对樱桃树做的那些。

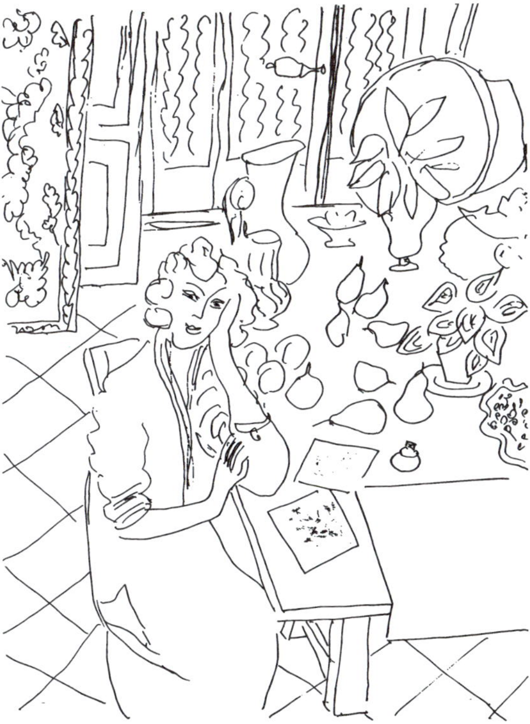

第十五首诗

我喜欢你静静地：仿佛你不在，
你在远处听不见，我的声音无法够到你。
看起来你的双眼已经飞走了，
看起来一个吻已经封印了你的嘴。

就像所有事物都被灌注了我的灵魂
你从事物中浮现，充满我的灵魂。
你就是我的灵魂，一只梦里的蝴蝶，
你就是忧郁这个词。

我喜欢你静静地，看起来在远处；
听起来你如哀叹，如蝴蝶像鸽子咕咕低语。
你从远处听我，但我的声音够不到你：
让我也在你的沉默中安静下来。

让我用你那清晰如灯,简单
如指环的沉默和你说话。

你就像黑夜,拥有平静和无数星座。
你的沉默就像一颗星星,偏远而坦诚。

我喜欢你静静地:尽管你已不在,
那么遥远,伤感,仿佛你已死去。
那么,一句话,一个微笑就已足够。
我很幸运,很幸运这不是真的。

第十六首诗

此诗乃泰戈尔《园丁集》第三十首意译[1]

在我黄昏的天空,你是云

你的形状与色彩正是我喜欢的。

你是我的,我的,我的甜唇女人

在你生命中有我无止境的梦幻。

我灵魂的灯火照亮你的双足,

我的苦酒比你的唇更甘甜,

哦,我晚歌的收割者,

要在多孤单的梦里才能确信你属于我!

你是我的,我的,我把话喊进下午的风中,

让风拖着我鳏夫般的嗓音。

---

[1] 聂鲁达在诗集再版时加入了此说明。——编者注

我眼睛深处的狩猎者,你的猎物
让你在夜的凝视中静如止水。

你被骗进我的乐谱之网中,我的爱,
我的乐谱之网有着天空的宽度。
我的灵魂在你悲伤的海岸降生。
在你悲伤的眼中,在梦开始的地方。

第 十 七 首 诗

思考,在深深的孤独中,纠缠的阴影。
你是远,噢,比起所有人都远。
思考,解放鸟类,解散图像,
埋葬灯。

雾的钟塔,有多远,就在那里!
让人窒息的哀叹,碾碎阴郁的希望,
缄默的磨坊,
夜幕降临在你脸上,远离城市。

你的存在如此陌生,就像一件怪事。
我思考,我在你之前已经历生活中的大部分。
我在所有人之前的生活,我恶劣的生活。
面向大海的呐喊,在岩石间,
在海浪中肆意狂奔。

悲伤的愤怒,咆哮,大海的孤独。

莽撞,暴戾,向天空伸展。

你,女人,你在那里是什么,是什么光束,

是那部巨扇上的什么翼片?你就像现在的你一样远。

森林烧着了!烧坏蓝色十字架。

燃烧,燃烧,烧起来,在光之树上闪耀。

它崩溃了,噼啪作响。火,火。

我的灵魂起舞,被卷曲的火焰烤焦。

谁在喊叫?是什么样的沉默充满了回声?

怀旧的时刻,快乐的时刻,孤独的时刻,

所有时刻全都归我!

狩猎号角,风通过它来歌唱。

这哭泣的激情捆绑在我的身上。

撼动所有的根,

攻击所有海浪!

我的灵魂徘徊,快乐,悲伤,无尽。

思考,在孤独的深处埋下灯。

你是谁,你是谁?

第 十 八 首 诗

在这里,我爱你。

在昏暗的松树上风把自己解开。

月亮在浪荡的水面上闪烁着磷光。

那些日子,都一个样,彼此追逐。

雪花以跳舞的方式展开来。

一只银鸥在落日中滑倒。

有时是一片帆。高,高高的星。

哦,船的黑色十字架。

总是单独。

有时我早起,而我的灵魂是打湿的。

远处,大海回荡着嘈杂声。

这里是港口。

在这里,我爱你。

在这里我爱你,地平线徒劳地藏起你。

在这些冰冷的事物中我依然爱你。

有时我的吻会落在这些大船上,

任由它们穿行大海,通往无法到达的地方。

我看到自己像这些废锚一样被遗忘。

当暮色停泊,码头也会感到伤心。

我疲惫,毫无意义地扛着饥饿。

我爱我无法拥有的。而你是如此遥远。

我的恨意在迟缓的黄昏中挣扎。

好在夜幕降临,它开始为我唱歌。

月亮转动着它的发条梦。

那最大的星用你的眼看着我。

是的,我爱你,那风中的松树

想用它那些铁丝般的针叶唱你的名字。

第 十 九 首 诗

敏感而褐发的少女，使果实成熟，
谷物饱满，海藻卷曲的太阳
使你的肉体充满欢乐，眼睛闪亮
使你的嘴里含着水的微笑。

一个黑而饥渴的太阳被织进你
黑鬃毛的发辫中，当你展开你的双臂。
你与太阳玩就像你与小溪玩
它会在你眼中留下两汪忧郁的池水。

敏感而褐发的少女，没有什么能让我接近你。
一切都在煎熬我，因你就是烈日正午。
你拥有狂乱如蜂的青春，
潮水的烂醉，麦穗的力量。

然而，我昏聩的心仍在寻觅你，

我热爱你快乐的肉体，你轻柔而流畅的呼吸。

黑蝴蝶，你甜蜜而明确

就像麦田、阳光、罂粟和水。

第二十首诗

今夜我可以写出最伤感的诗句。

写。例如,"夜空灿烂,
忧郁的星群,在远方发抖。"

夜风在天空中旋转,歌唱。

今夜我可以写出最伤感的诗句。
我在爱她,有时,她也在爱我。

在这样的夜,我就把她拥在怀中。
在无限的天空下我一遍一遍地拥吻她。

她在爱我,有时我也在爱她。

如何可能不去爱她那对又大又宁静的眼睛。

今夜我可以写出最伤感的诗句。
去想我要是不拥有她。去感觉我若是丢失了她。

去听这辽阔长夜,没有她,必将更为漫长。
诗篇落在灵魂上,就像露水降在草地上。

又有什么关系呢,即便我的爱无法留住她。
夜空灿烂,她没有和我在一起。

就是这些了。远处有人在唱歌。远处。
我的灵魂不会安宁于已经失去她。

我的目光尝试着去搜寻,接近她。

我的心在盼望,她却没有和我在一起。

同样的夜使同样的树林染白。

我们,当时的我们,已经不一样了。

我不再爱她,这是肯定的,但我曾多么爱她。

我的声音尝试去找到风,让它去触摸她的耳朵。

另一个人的。她将会是另一个人的。像我曾对她
　那样亲吻。

她的声音,她明亮的肉体。她那看不透彻的目光。

我不会再爱她,确凿无疑,但也许我还是爱她。

爱如此之短,遗忘如此之长。

因为在这样的夜晚,我把她拥在怀中

我的灵魂不会安宁于已经失去她。

这便是我的爱产生的最后痛苦

这便是我为她写下的最终诗篇。

绝 望 的 歌

有关你的记忆从缠绕我的夜中升起。

河流向大海倾注它那固执的哀歌。

像黎明时被遗弃的码头。

是时候启程了。哦,被遗弃的人!

冰冷的花瓣如大雨落进我的心里。

哦,残骸的坑,罹难者的残忍洞穴。

战争和飞翔在你身上积聚。

啼鸣的鸟群自你那里腾空。

你吞噬一切,就像距离。

就像大海,就像时间。一切都在你身上沉沦!

以吻攻击,快乐时刻。

灯塔辉映,震惊时刻。

领航员的惊恐,潜水者的愤怒,

爱的狂醉,一切都在你身上沉沦。

在我迷雾似的童年,灵魂长出翅膀,折断。

迷失的探险者,一切都在你身上沉沦!

你环绕遗憾,你紧握欲望,

悲伤击晕你,一切都在你身上沉沦!

我命令阴影的墙后退,

超越欲望和行动,我挥汗前行。

哦,肉体,我自己的肉体,我爱过又弄丢的女人,
我在潮湿时间中召唤你,我放声高歌召唤你。

像一个坛子,你容纳无尽温柔
无尽的遗忘击碎你,像一个坛子。

那是黑而孤独的岛屿,
在那里,爱的女人,你用双臂紧抱我。

渴了,也饿,你是水果。
悲痛,或毁灭,你是奇迹。

哦,女人,我不知道你怎么还能收容我
在你灵魂的大地上,在你双臂的十字架中!

我对你的欲望最可怕，也最简洁！

最混乱也最沉醉，最紧张也最贪婪。

吻已死去，你的坟墓里仍有大火，

仍有结满果实的树枝在燃烧，被鸟叼走。

哦，被咬过的嘴。哦，被吻过的四肢。

哦，饥饿的牙齿。哦，缠绕的肉体。

哦，希望与力量的疯狂交媾

我们在那里融汇并绝望。

那温柔，像水和面粉一样轻盈。

那些话，已在嘴边却无从开口。

这就是我的命运，我渴望在这里航行，
我的渴望也在这里失落，一切都在你身上沉沦。

哦，残骸的坑，一切都沦落在你那里，
你无从表达的悲伤，你不会溺死其中的悲伤！

巨浪翻滚，你仍在呼唤与歌唱。
像一名水手伫立在大船的船首。

你仍在歌声中绽放，你仍破浪前行。
哦，残骸的坑，敞开的苦井。

苍白而莽撞的潜水者，不幸的弹弓手，
迷失的探险者，一切都在你身上沉沦！

是时候启程了,在这艰难的严寒时刻
黑夜必须遵守所有远航的时刻表。

大海喧嚣的腰带环绕着海岸。
冷星大力升起,黑鸟迁移。

像黎明时被遗弃的码头。
只有颤抖的影子在我手中旋转。

啊,比一切远。啊,比一切还要遥远。
是时候启程了。啊,被遗弃的人!

假如你忘了我

你的眼帘
尽力替我把世界
遮挡在外面。

PART 2 船长的诗

The Captain's Verses

大地在你里面

小

玫瑰,

小玫瑰,

有时,

小而赤裸,

它似乎

非常适合待在

我的一只手中,

就好像我会这样子紧握你

把你送到我的嘴边,

可是

突然间

我的脚触到你的脚,我的嘴碰到你的唇:

你成熟了,

你的肩膀像两座小山一样高耸,

你的乳房在我的胸脯上游荡，

我的手臂几乎缠不住你

新月般纤细的腰线：

你像潮水释放自己在爱里：

我几乎无法丈量那对天空中最广阔的眼睛

我俯下身，对着你的嘴亲吻大地。

女　皇

我敕封你为女皇。

有比你高的，更高的。

有比你纯洁的，更纯洁的。

有比你可爱的，更可爱的。

但你是女皇。

当你漫步在街上

没人认出你。

没人看见你的水晶皇冠，没人

看着你无时不走在上面的

金色红毯，

那不存在的地毯。

当你出场

所有河流都在我

身体里歌唱，钟声

摇动天空，

一首赞歌充满世界。

只有你和我，

只有你和我，至爱，

哦，我们听到了。

你 的 脚

当我看不到你的脸
我看着你的脚。

你弓形的脚骨,
你结实的小脚。

我知道它们支撑你,
你轻盈的重量
降落在它们身上。

你的腰和胸。
你的乳头
双份的紫色,
你刚飞走了的
眼窝,

你水果味的大嘴，

你火红的披肩长发，

我的小塔。

但我尤爱你的脚

仅仅是因为它们行走在

大地上

风中，水上，

最终找到了我。

你 的 手

当你的手飞走,

爱,为了我的爱,

它们会为我带回来什么?

它们为何停落在

我的嘴上,突然地,

为什么我能认出它们

仿佛那时,在更久以前,

我曾触摸过它们,

仿佛在它们存在以前

它们就已飞过

我的额头,我的腰?

它们温柔地来了

飞越时间,

越过大海,穿过烟雾;

跨过春天,

当你把你的手

安放在我的胸口,

我认出了那些鸽子的

金色翅膀,

我还认出了泥土,

麦子的颜色。

我一生中所有的岁月

我到处寻找它们。

我走上楼梯,

我穿过礁石,

火车载着我,

流水引领我,

在那片葡萄皮上

我以为我已够到了你。

突然间,树林
带给我你的讯息,
杏仁向我宣布
你秘密的温柔,
在我的胸口
你收拢你的手,
就好像一对落在那里的翅膀
它们的旅行结束了。

你 的 笑 声

可以带走我的面包,如果你想,
可以带走我的空气,但是
别想从我这里剥夺去你的笑声。

不要带走你拔掉的
刺玫瑰和长矛花,
在那欢愉中
突然爆发出的汁水,
在你身上那忽如其来的
银色浪潮。

我的斗争是残酷的,我回来了
带着疲惫的眼神
有时它望着这不变的大地,
但是,当你的笑声来临

它便升上天空寻找我

为我打开所有的

生命之门。

我的爱,在至暗时刻

你的笑声

响起,如果你突然

看到我的血玷污了

街上的石头,

那么尽情笑吧,你的笑声

就像一把崭新的利剑

交到我的手中。

紧邻秋日的海边,

你的笑声必定掀起

瀑布般的浪花

而在春天，爱人，

我想要你的笑声像我

一直在等候的花，

蓝色的花，粉色的玫瑰，

在我那充满回响的乡土上。

嘲笑夜晚，

白天，月亮，

嘲笑岛屿

那扭曲的街道，

嘲笑这个爱你的

笨拙男孩，

但当我打开

我的眼睛又关上它们，

当我的脚步离开，

当我的脚步又回来，

可以拒绝给我面包，空气，

光与春天，

但绝不能是你的笑声

否则我会死的。

岛 上 的 夜 晚

我整晚都和你睡在一起

在海边,在岛上。

狂野而香甜的你介于快乐和梦幻之间。

一半是火,一半是水。

也许太晚了

我们的梦交融在一起

在巅峰或底部,

上方是被同一阵风摇晃的树枝,

底下是彼此纠缠的红色根须。

也许是你的梦

从我的梦中漂出

穿过那黑暗的大海

在寻找我

就像以往那样,

那时没有你,

那时看不见你

而我就在你身边航行,

你的眼在搜寻

现在的这些东西——

面包、酒、爱、愤怒——

我成堆地给你

因为你就是那个杯子,

装入我生命的礼物。

我和你睡在一起

整个夜晚

随昏暗的大地旋转

既非生又非死

接着，忽然惊醒

在一片阴影中

我的手臂环绕着你的腰。

哪怕黑夜，还是梦

都无法将我们分开。

我和你睡在一起

醒来时，你那来自

你梦中的嘴，

让我品尝到大地，

海水，藻类，

你生命深处的味道，

我收到了被黎明

弄湿的你的吻

仿佛从包围我们的大海

来到了我身边。

岛 上 的 风

风是一匹马:
听它如何奔跑
在海上,在天上。

它想带走我:听它
如何环游世界
带我去远方。

把我藏在你的怀里
哪怕就今晚,
当雨击碎
海洋和陆地
那些无数的嘴。

听风如何
召唤我，疾速飞驰
带我去远方。

你的额头贴在我的额头上，
你的嘴含着我的嘴，
我们的肉紧紧系在一起
让爱消磨我们，
让风过去吧
不要带我走。

就让风疾驰
披上泡沫，
任凭它召唤我，奔突着

在阴影中四处寻找我

而我，只想沉没在

你硕大的眼睛中，

今晚独自一人

我会休息的，亲爱的。

无 限 者

你看到这对手了吗?

它们丈量大地,

它们分开矿物和谷物,

它们创造和平与战争,

它们拆除距离,

在所有的海洋和河流中。

然而,

当它们在你身上

漫游,小家伙,

麦粒,云雀,

它们无法包围你,

它们拥抱,直到筋疲力尽

两只鸽子

在你的胸前休息,或飞翔
它们沿着你的腿移动,
它们在你腰部的光线下盘绕。

对我来说,你是一座宝藏,更伟大
远比海洋和它的家族昂贵。
你既白又蓝,又广阔
如同收获中的土地。

在那领地上,
从你的脚到你的额,
我漫游,漫游,总在漫游,
用尽一生。

丽　人

丽人，
就像春天清凉的
石头上，溅起
闪亮的水花，
这就是你脸上的笑容，
丽人。

丽人，
纤弱的手，轻盈的脚
像一匹银色小马，
散着步，世间的花朵，
我就这样看到了你，
丽人。

丽人，

你铜色头发编织纠缠
好像深蜂蜜色的窝巢
那是我的心燃烧和安息的地方,
丽人。

丽人,
你的眼大到无法安放在你脸上,
而其所见比大地还要辽阔。

你眼中有土地,
有河流,
我的土地就在你眼中,
我走过它们,
它们照亮整个世界
无论我走去哪里,

丽人。

丽人,
你的乳房就像两个烤面包
由粗糙麦粒和金色月亮做成,
丽人。

丽人,
你的腰,
我用手把它捏塑成一条河流
它流淌在你甜蜜的身上已有一千年,
丽人。

丽人,
没有什么胜过你的屁股,

也许地球有

在某个隐秘的地方

有你身体的这种曲线和香气,

也许在某个地方,

丽人。

丽人,我的丽人,

你的声音,你的皮肤,你的指甲,

丽人,我的丽人,

你的存在,你的光,你的影子,

丽人,

都是我的,丽人,

全都是我的,我的,

当你走路,休息,

当你唱歌,睡觉,

当你受苦，做梦，
总是，
无论你远或近，
一直是，
你是我的，我的丽人，
永远是。

缺 席

我几乎从未离开过你,
你在我身上,清澈而透明,
或颤抖着,
或不安,怕被我伤害
或被爱淹没,当你的眼睛
接近我不停给你的
生命礼物。

我的爱,
我们彼此相遇
渴了,我们
喝光所有的水和血,
我们相遇
饿了
我们就像火

相互撕咬

在我们身上留下伤痕。

但是,要等着我,

为我保留你的甜蜜。

我也会给你

一朵玫瑰。

虎

我是虎。
我像潮湿的矿锭
潜伏在宽大的树叶间
等你。

一条白色的河流
在薄雾中升起。你来了。

你赤裸潜入水中。
我在等。

然后在火,
血与牙齿的攻击中,
我用爪子撕开
你的胸,你的臀。

我饮干你的血,逐一
咬断你的四肢。

即使在森林里度过漫长岁月
我仍坚守着
你的骨头,你的废墟,
一动不动,远离
仇恨和愤怒,
在你的死亡中解除武装,
被藤蔓爬满全身,
静立在雨中,
仿佛一个蓄意谋杀爱情的
无情哨兵。

秃 鹰

我是秃鹰,我飞过

行走的你的头顶

突然间,在风,

羽毛,爪子的盘旋中

我冲向你,抓起你

投进骤冷而

呼啸的飓风中。

我把你带回我的雪塔,

那黑色的巢穴

我让你独自在那儿生活。

你给自己披上羽毛

飞翔在世界上空,

停在高处不动。

女秃鹰，让我们猛扑

这个红色的猎物，

让我们撕碎这路过的

跳动的生命，

一起拔高

我们狂野的飞行。

爱

你怎么了,我们怎么了,

我们出了什么问题?

啊,我们的爱情是一根硬绳

捆绑我们,伤害我们

假如我们想要

摒弃我们的伤痛,

准备分手,

它将为我们打上新结,责罚我们

一起流血,一起烧毁。

你怎么了?我看着你:

除了一对平凡的

眼睛,一张迷失在我亲吻过的

一千张嘴巴中的嘴巴,

一个像那些在我身上滑动

却不曾留下任何记忆的肉体,

我什么都没找到。

你多么空虚,穿行在世上
像一个小麦色的罐子
没有呼吸,没有声音,没有实体!
我徒劳地在你的深处
寻找我的手,
它无休无止地挖掘,在地下:
在你肌肤下,在你眼里,什么都没有,
在你的双乳中
溢出
一股晶莹的水流
它完全不知道自己为什么在唱歌。
为什么,为什么,为什么,
亲爱的,为什么?

总 是

面对你

我一点也不嫉妒。

你来，背后跟着一个男的，

你来，头发上站着一百个男的，

来吧，在你的胸脯和双腿之间挤着一千个男的，

你像一条满是溺水者的河道

冲向狂怒的大海，

永恒的泡沫，风暴。

干脆把他们统统都带来

我就在那里等你：

我们必须总是孤独的，

我们必须总是，你和我，

独自在世上

开始生活。

走 偏

如果你的脚再次走偏,
它将被割断。

如果你的手指引你
通往另一条路
它会烂掉。

如果你要我远离你的生活
你会死
即使你活着。

你会成为行尸走肉,或一片阴影,
在没有我陪伴的地球上游荡。

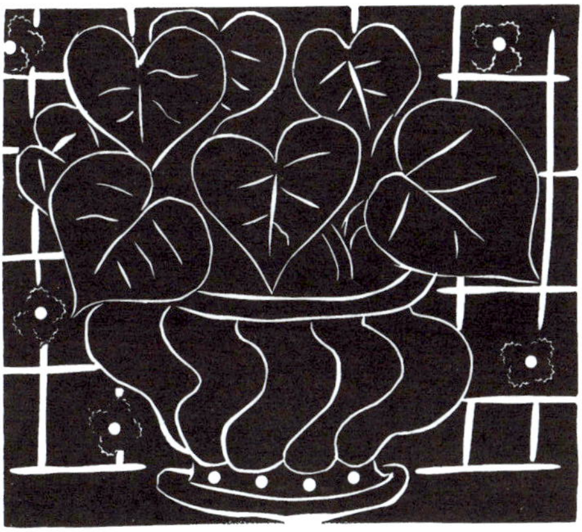

问 题

爱，一个问题
它已毁了你。

我已从多刺的犹豫
回到你的身边。

我对你的爱直截了当
就像剑或路。

但你坚持
待在一个我不想要的
阴影的角落里。

亲爱的，
请理解我，

我爱你的全部，

从眼睛到脚，到脚指甲，

在，

你保持的所有明亮中。

是我，亲爱的，

那个敲你门的人。

他不是鬼，不是那个

上次在你窗口

驻留的人。

我拆了那道门：

我进入你的全部生活：

我活进你的灵魂里：

你应付不了我。

你必须把门一道道打开,

你必须服从我,

你必须打开你的眼

以便我进去搜查,

你必须看清楚我是怎样

用疲乏的脚步

走动在那些道路上

她们,正盲目地等候着我。

但是别怕,

我总归是你的,

但是

我不是过客,也不是乞丐,

我是你的主人,

是你一直盼着的那个,

我现在就进入

你的生命，

再也不离开它，

爱、爱、爱，

我只有留下来。

伤 害

我伤害了你,亲爱的,
我撕碎了你的灵魂。

可你得搞懂我。
每个人都知道我是谁,
但对你来说,
那个"我"
也是一个男人。

在你身上我摇摆不定,坠落
接着又燃烧起来。
众生之中
唯你有权
看到我脆弱。
还有你那面包和吉他般的
小手

必须抚摩我的胸膛,

当它开始战斗。

这就是为什么我总在你那里寻找坚固的石头。

我用渗入了你的血液的粗手

寻求你的坚定

以及我需要的深度,

如果我只发现了

你那金属般的笑声,如果我发现

没有什么能支撑我艰难的脚步,

亲爱的,一定要接受

我的悲伤和愤怒,

我敌意的双手

稍稍毁了你

那样你就能从泥土中醒来

为我的奋斗而重塑。

井

你有时下沉,掉进

你那沉默的洞,

坠入你那傲慢与愤怒的深渊,

你几乎无法

返回,默默承受

那些在你的存在深处

找到的残渣。

亲爱的,你在你封闭的井里

能找到些什么?

海藻、沼泽、岩石?

你瞎了的眼睛又能看到什么,

怨恨和伤害吗?

亲爱的,你不会在你

掉进的井里找到

我在高处为你保留的东西：

一束带露水的茉莉花，

一个比你的深渊更深的吻。

不要怕我，不要反复

陷进你的积怨。

甩掉我伤害过你的话，

打开窗户让它飞走。

无须你的指引，

它定会返回来伤害我

因为它发生在一个恶劣的时刻

那个时刻终将让我屈服。

向我展露你灿烂的笑容吧，

如果我的嘴弄伤了你。

我并不是童话里

温和的牧羊人

而是一个愿意与你分享大地、风和山中荆棘的好樵夫。

爱我,你,对我笑一笑,

帮我成为好人。

不要因我而受伤,那是徒劳的,

也不要伤害我,因为那就是在伤害你自己。

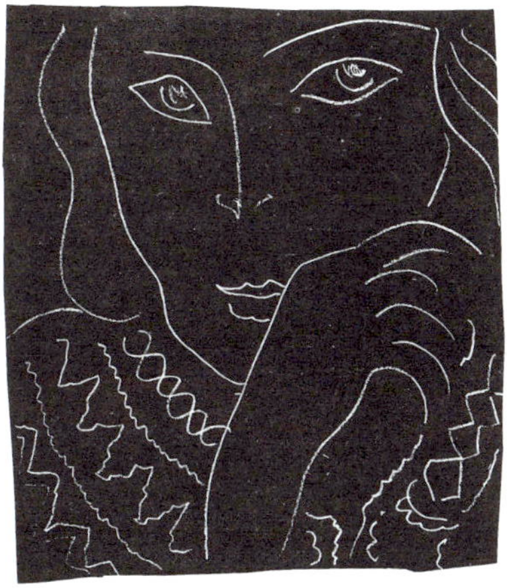

假如你忘了我

我希望你知道

这件事。

你是知道这事的:

假如我望着

这轮明月,它就挂在我窗前的红树枝上

在这缓慢到来的秋天,

假如我触摸

火焰附近

那感觉不着的灰烬

那烧皱的木柴,

一切将会把我带到你身边,

就好像存在的这一切,

香气、光、金属,

成了一艘艘的小船

驶向你在那里等候我的岛屿。

好吧,现在,
假如你一点一点地停止爱我
我也将一点一点地停止爱你。

假如你是突然
忘了我呢
那别来找我,
因为我早就忘了你。

假如你觉得
穿过我生命的疾风
漫长而疯狂,
你决定

把我抛弃在我内心深处的岸边

请记住

在那一天,

在那一刻,

我将高举我的手臂

我的根将迁往别的土壤

发芽生长。

但是

假如每一天,

每一刻,

你觉得你命中注定是我的

并拥有难以忍受的甜蜜,

假如每一天

有一朵花

在你的唇上寻觅我，

那么，我的爱，我的女人，

在我身上，将会再次燃起所有的大火，

在我身上，没有什么会熄灭与遗忘，

我的爱以你的爱为食，亲爱的，

只要你活着，它就会在你怀中

永不离弃。

你 会 来 的

你从未让我遭罪

只是让我等待。

那些纠结的

时光,爬满

毒蛇

那会儿

我的心跳停了,我窒息,

你赶快来吧,

你赤裸着,全身遍布抓痕,

流着血爬到我的床上,

我的新娘,

我们整夜都在逛

接着,睡着了

当我们醒来

你完好无损，是崭新的，

就好像黑梦里的风

再一次点燃了

你的长发

你的肉体浸泡在

小麦和银中，光芒四射。

我没遭罪，我的爱，

我只是在等你。

你必须改变你的心

与幻象

在你抚摸我那

深海般的胸腔后。

你必须，离开水面

纯洁如一个从在夜晚的浪潮中

升起的浪花。

我的新娘，你必须

死而复生，我一直在等你。

我寻找你，一点也不觉得痛苦，

我知道你一定会来的，

从一个我不爱的人

上升为我崇拜的新女人，

带着你的眼、手和嘴

但却是另一颗心，

那个天亮时在我身边的女人

就好像她一直在那里

永远和我在一起。

贫　穷

啊，你不愿意，

你怕

穷，

你不愿意

穿着破鞋子到市场去

回来时，还穿着同样的旧衣服。

亲爱的，我们不喜欢，

正如有钱人希望我们的那样，

穷困潦倒。我们会像

拔掉一颗坏牙齿那样拔掉它

迄今为止，它一直刺痛着我们。

但我不希望

你怕它。

那是我的错，如果它来到你的住所，

如果它驱逐了

你的金鞋，

那也不要让它剥夺你的笑声：我生命中的面包。

如果你付不起房租

那就迈开你自豪的脚步去工作，

记住，亲爱的，我会一直照顾你

只要在一起，我们就是这世界

所能积累的最了不起的财富。

生 命

有时候是多么不自在啊

当你和我在一起,

我这人类中的胜者!

因为你不知道

与我一起的

是成千上万张你看不见的胜者的脸,

是成千上万的脚和心与我同行,

我不是我,

我是不存在的,

我只是那些同行者的先锋,

我更强大

因为支撑我的

不单是我个人的生命

而是所有人的生命,

我稳步前行

因为我有一千只眼睛,

我用石头重击

因为我有一千只手

我的声音响彻

所有大陆的边缘

因为这是所有

沉默的人的声音,

是那些不曾歌唱的人,

今天,用这张

吻过你的嘴来唱歌。

旗

跟着我站起来。

没人会比我
更想躺在
那个枕头上,你的眼帘
尽力替我把世界遮挡在外面。
我多么想留在那儿
让我的血液
环绕着你的芳香睡去。

但是,站起来,
你,站起来,
跟我站起来
让我们一起出发
并肩作战

反抗魔鬼的网,

反抗分配饥饿的系统,

反抗制造苦难的组织。

出发,

而你,我的新星,就在我身边,

从我身上的黏土中诞生,

你将找到那隐秘的源泉

就在大火中,就在

我身边,

用你狂野的眼神,

升起我的旗。

不仅仅是火焰

啊,是的,我记得,

啊,你紧闭的眼

仿佛填满来自内部的黑光,

你整个的肉体就像一只打开的手,

就像一团凝白的月亮,

让人狂喜,

当闪电杀死我们,

当匕首刺伤我们的根,

光击中我们的头发,

当我们

再次

回归生活,

就像从海中冒出来,

就像沉船那样,

在岩石和海藻的裂缝中,

我们带着伤痕归来。

但是
还有别的记忆，
不仅仅是火中的花朵
还有小小的嫩芽
它突然出现
当我在火车上
或在街上。

我看到你
洗了我的手帕，
晾在窗上
我的破袜子，
你跌倒的身影，一切

以及所有快乐像火焰燃烧,

它们不会摧毁你,

再一次,

我每一天的

小女人

一个人类,

一个谦卑的人,

贫困而自豪,

就好像你必须是这样

而不是一朵怒放的玫瑰

爱的灰烬会散落

在生活中,

由肥皂和针线组成的全部生活,

那里有我喜欢的味道

在那个我们也许不会拥有的厨房

你的手在炸土豆之间忙碌

你的嘴在冬天歌唱

烤肉来了,

对我来说这便是世上

永恒的幸福。

啊,我的生命,

在我们之间燃烧的不仅仅是火焰

而是生活的全部,

简单的故事,

简单的爱,

一个女人和一个男人

就像每个人一样。

死 者

假如你突然不存在,
假如你突然不再活着,
我会活下去。

我不敢,
我不敢写,
假如你死了。

我会活下去。

因为在一个人沉默的地方,
那儿,有我的声音。

那儿,黑人被殴打,
我不能死。

当我的兄弟们进了监狱

我会和他们一起去。

当胜利,

不是我的胜利

而是那伟大的胜利

到达,

即使我是哑巴我也必须说:

即使我是瞎子我也会看到它到达。

不,原谅我。

假如你不再活着,

假如你,亲爱的,我的爱人,

假如你已

死去,

所有的树叶会凋落在我的胸前,

雨会整日整夜倾注在我的灵魂上,

雪会灼伤我的心,

我将与冰、火,与死亡,与雪同行,

我的脚会向着你安魂的地方前进,

但是

我会活下去,

因为你希望我,超越一切,

不可驯服,

亲爱的,因为你知道我不仅仅是一个人

而是所有的人。

你是我的

灵魂每天所需的面包

那份温柔。

PART 3

Love

爱

Sonnets

的

十 四 行 诗

你会记得那一条
任性的小溪

你会记得那一条任性的小溪

那儿悸动的香气扑鼻而来,

有时是一只鸟披着清水

和迟缓做的衣裳;它在冬天的羽毛。

你会记得那些来自大地的礼物:

易燃的香气、黄金似的泥土、

灌木丛中的杂草,疯狂的根茎、

利剑一样的神奇荆棘。

你会记得你采摘的花束,

阴影和寂静的水,

像沾满泡沫的石头般的花束。

那一次从未如这一次,又仿佛一向如此:

我们去那儿,空空如也;

我们发现一切都在那儿等着。

跟 我 来！

"跟我来!"我说——没人知道
我的痛苦在哪儿,又如何抽搐,
没有康乃馨或船歌,
只有一道被爱割开的伤口。

再说一遍:跟我来,好像我快要死了,
没人看见在我嘴里滴着血的月亮,
没人看见流入寂静的鲜血。
哦,亲爱的,现在让我们忘记那颗带刺的星!

这就是为什么,当我听到你的声音重复说
"跟我来!"就好像你释放了悲伤,
爱,被木塞囚禁的愤怒酒精——

从封藏它的地窖深处爬出:
我的嘴再次尝出火的味道,
血和康乃馨,岩石和烫伤的味道。

如 果 你 的 眼

如果你的眼不是月亮的色彩,

不是满是泥土、劳动与火的一天的色彩,

如果你受到约束,行动无法像空气一样敏捷,

如果你不是一个琥珀色的星期,

不是当秋天爬上藤蔓时

那个黄色的时刻;

不是当月亮漫步天际时

揉捏而成的那个面包,

哦,我最亲爱的,我就不能这样爱你!

但当我抱着你,我便拥有一切——

沙子,时间,雨树,

一切都是为了让我活着而活着:

不用走那么远,我就能看清这一切:

我看到万物活在你生命中。

在那儿，
　海浪撞碎

在那儿,海浪撞碎在不安的礁石上

纯净的光爆裂出它的玫瑰,

大海的圆圈收缩成一簇花朵,

一滴蓝色的盐,坠落。

啊,明亮的木兰在泡沫中展开,

死亡之花绽放,转瞬即逝

存在即虚无,它再次成为什么都不是:

破碎的盐,眩晕的大海倾斜。

你和我,亲爱的,我们一起封住了沉默,

当海摧毁它的不朽雕像,

推倒它狂野而洁白的塔楼:

因为那看不见的交错编织,

从泛滥的海水,到无尽的流沙,

我们获得了唯一且永恒的柔情。

我渴望你的嘴

我渴望你的嘴,你的声音,你的头发。
沉默而饿,我在街上游荡。
面包无法哺育我,黎明让我发疯,
我整天捕捉你流水中的舞步。

我渴望你狡黠的笑声,
你的手带着野性的丰收的光彩,
我渴望你白皙宝石般的指甲,
像吞下一个杏仁,我要吃掉你的肌肤。

我要吃掉闪耀在你欢乐的肉体里的阳光,
你傲慢的脸上那至高无上的鼻子,
我要吃掉你睫毛上闪烁的阴影,

我饿着肚子东游西荡,嗅嗅暮光,
猎寻你,为你那颗滚烫的心,
像一头基特拉图荒野上的豹子。

丰腴的女人

（一）

丰腴的女人，肉欲的苹果，滚烫的月球，

海藻、泥浆和伪装的光散发出的浓香，

是什么样的神秘，清晰地在你的柱子之间打开？

男人的感官触摸到的，是一个什么样的古老夜晚？

哦，爱是一场水和星星的旅行，

充满窒息的空气和面粉的风暴；

搏斗的闪电，

两具肉体被一只蜜蜂征服。

一吻接一吻，我游荡在你小小的无限中，

在你的边界，你的河流，你的小村庄；

欲望之火转为美味的喜悦

沿着那条血液的小路奔跑，

直到它像夜晚的康乃馨疾速冲刺，直到它：

倾泻而出，如同虚空中的一道光芒。

我喜欢
像一小片土地的你

我喜欢像一小片土地的你。
因为它的草地,广袤如行星,
我没有其他的星星。你是我
成倍扩张的宇宙的复制品。

你广阔的眼睛是唯一的光芒
我知道它来自熄灭的星座;
你的皮肤像波纹一样颤动
仿佛流星划过雨水。

对我来说,你的臀部是大半个月球;
你深沉的嘴和它的喜悦,像太阳;
你的心,辐射出红光。

那强光就像树荫下的蜂蜜。
所以我穿过你燃烧的肉体,亲吻
你——紧实的,行星般的,我的鸽子,我的地球。

我爱你，不是

我爱你不是你像刺玫瑰或黄宝石,

或康乃馨的火焰喷射出的箭。

我爱你是你像某些值得去爱的阴暗事物,

私密地,处在阴影和灵魂之间。

我爱你就像你是永不开花的植物

但它本身又携带着隐藏花朵的光芒;

感谢你的爱像一种强烈的芬芳,

从大地升起,活在我黑暗的体内。

我爱你但不知道如何、何时、从哪儿爱你。

我直接爱你,不复杂也不得意;

所以我爱你是因为,如果不这样

我就无法爱你:我不存在的地方,你也不存在,

以至于你按在我胸口的手就是我的身体,

你的眼睛关闭了我的梦。

哦，愿所有的爱

哦，愿所有的爱在我嘴里传播！
春天一刻也不曾离开，
我出售给悲伤的只有这双手，
现在，我的至爱：请用你的吻来吻我。

用你的香气阻挡一整个月份的光芒；
用你的发辫锁牢全部的门。
至于我，别忘记，如果我哭着醒来
那是因为我是梦里那个迷失的孩子

在夜的树叶中寻找你的手，
为你那麦子似的抚摩，
那闪烁的阴影和能量的狂喜。

哦，我的至爱，那里只有阴影
陪伴我的只有你的梦：
请告诉我，光何时归来？

在爱上你以前

〜

在我爱上你以前，没什么是属于我的：

我在街上闲逛，在事物中犹豫：

一切都是无所谓的，也无须命名：

世界只是一些空气，我在其中等待。

我熟悉灰尘乱舞的屋子，

月亮居住的地洞，

怒吼着"给我滚蛋"的残酷货栈，

在竞技场上固执己见的问题。

一切都是空的，死的，悄无声息，

堕落，放纵与腐朽：

一切都难以忍受得陌生。

不属于任何人——除了我：

直到你的美和贫穷

使秋天成为最好的礼物。

赤　裸

赤裸，你像你的一只手那样简洁，

光滑，朴实，灵巧，透明，圆润：

你拥有月亮般的线条，近乎苹果的圆润；

赤裸的你像一粒裸露的麦子那样纤细。

赤裸，你像古巴的夜晚一样湛蓝；

你的头发上挂满了藤蔓和星星；

赤裸的你宽敞、明亮，

就像纯金打造的教堂里的夏天。

赤裸的你就像你的指甲盖一样小，

弯曲的，微妙的，玫瑰色的，直到白天来临

你又退回到地下的世界，

就像下到一条衣服和家务的漫长地道：

你洁净的光暗淡了，你穿上衣服、抖落它的树叶，

再度成为一只赤裸的手。

我 的 心 上 人

156

我的心上人，芹菜和谷物的女王，

织线和洋葱的小雪豹，

我喜欢看你的迷你帝国闪耀：

你的蜡、酒和油的武器，

大蒜，用你的双手开拓的领地，

在你手上燃烧的蓝色布料，

从梦转世成沙拉的轮回，

缠绕在花园的橡皮管上的蛇。

你，举起芳香的镰刀，

你，专横的肥皂泡沫，

你，爬上我疯狂的梯子和楼梯。

你掌管一切：甚至是我笔迹的特点，

甚至在我笔记本的沙粒中搜查

那些正寻觅你的嘴唇的迷失音节。

你 得 明 白

你得明白我不爱你但我又爱你,

因为所有事物都存在两面性;

一句话是沉默的一个翅膀,

火有一半是冷的。

我爱你是为了开始爱你,

重新开始无限地,

并且永不停歇地爱你:

这就是为什么我还不爱你的原因。

我爱你,但我又不爱你,就像

握在我手中的钥匙:打开一个幸福的未来,

或者一个悲惨而混乱的命运。

为了爱你,我准备了两条命:

这就是为什么,在我不爱你时我爱你,

在我爱你时我也爱你。

不要走远了

不要走远了,哪怕一天也不要,因为——
因为——我不知道该怎么说:一天很长,
我会一直等你,就像一个空空荡荡的车站
那会儿,火车停在别的地方,睡着了。

不要离开我,哪怕一个小时,因为
那时,觉醒的泪水会汇聚在一起,
游荡中寻找归宿的烟雾会灌进
我身体,窒息我失落的心。

哦,愿你的背影不会在海滩上消逝;
愿你颤动的眼睑永不飞进那空洞的虚无。
不要离开我,哪怕一秒,我的至爱,

因为那会儿,你会走得很远
而我会在大地上迷迷糊糊地徘徊,问自己:
你还回来吗?还是把我丢在这儿枯萎致死?

两个幸福的恋人

两个幸福的恋人做一个面包,

在草地上的一滴月光。

散步时,他们射下两个一起流动的影子;

醒来时,他们把一个太阳空留在床上。

在所有可能的真理中,他们选择对话:

他们绑在一起,不是用绳子,而是香气,

他们从未破坏和平,或言论;

幸福是一座透明的塔。

空气,酒和两个一起的恋人。

夜晚用它兴奋的花瓣使他们欢愉。

他们有权享受所有的康乃馨。

两个幸福的恋人没有尽头,没有死,

他们重复生与死,

他们具有永恒的本性。

那些骗子

那些骗子，说我搞丢了月亮，

预言我的未来会是一片废弃的荒漠，

用他们那打结的舌头说三道四：

他们还想禁止宇宙的花朵。

"他不会再去唱那首美人鱼

反抗母亲的歌，现在他只剩下了人民。"

他们啃咬他们那没完没了的文件，

只为给我的吉他策划一次遗忘。

但我早已将那根穿起你我的心，

闪耀着爱情的长矛，刺进他们的眼睛。

我已收集了你的足迹留下的茉莉花。

我迷失在没有你的光明

照耀的夜晚，当黑夜包围我，

我在我自己的黑暗中获得重生。

悲 哀 是 我

悲哀是我，是我们，我最亲爱的：

我们要的只是爱，彼此相爱，

可在诸多的伤痛中，注定

只有我俩会受到如此深的伤害。

我们想要一个你和一个我自己，

一个吻的你，一个秘密面包的我：

就是这样，事情就这么简单，

直到仇恨从窗户进来。

他们恨我们有爱，也不爱其他人的爱：那些人，

悲哀如空房子里的椅子——

直至他们全部陷入灰烬中，

那些不祥的面孔

在渐暗的暮色中消逝。

我 欠 你

我的生命被如此丰盛的爱染成紫色,

我像一只眼瞎的鸟儿晕头转向,

直到我来到你的窗前,我的朋友:

你可听到这颗破碎的心在小声说话。

我离开阴影,飞上你的胸口:

不知道,稀里糊涂地,我飞上麦子的塔,

我在你的手中活力汹涌,

我从海中升起,抵达你的喜悦。

谁也算不出我欠你什么,亲爱的,

我对你的亏欠是清楚的,它就像一根

来自阿劳科的根,那就是我欠你的,亲爱的。

毫无疑问,它就像一颗星星,我欠你的一切,

我欠你的就像旷野上的一口井

在那里,时间照顾着那道恍惚的闪电。

我不爱你，除非

我不爱你,除非因为我是爱你的;
从爱到不爱,我来了,
从等待到不再等待
我的心从寒冰化为烈火。

我爱你,只因为你就是我的爱;
我无尽地恨你,恳求你,恨你
我对你不断变迁的爱的尺度
是我看不见你却仍盲目地爱你。

也许一月的光会用它残忍的光芒
耗尽我的心,偷走我
通往平静的钥匙。

在故事的这部分,我死了
唯一的死者,我会为爱而死,因为我爱你,
因为我爱你,爱,在火中,在血中。

今 天 是 今 天

今天是今天，承载着过往一切的重量，
拥有明天一切的翅膀；
今天是海的南方，水的晚年，
是新的一天的组成部分。

已消耗的一天的花瓣聚在你的嘴上，
举向光或月亮，
而昨天在它的那条昏暗的小路上疾走
让我们记住它那张死去的脸。

今天，昨天，明天过去了，
像燃烧的牛犊，在一天内被耗尽；
我们的牛群在等待那所剩无几的日子，

但时间在你的心里洒下了它的面粉，
我的爱用特木科的泥土砌起一个烤炉：
你是我的灵魂每天所需的面包。

在我死去时

在我死去时,我想要你的手放在我的眼睛上:

我想要你手上的光和麦子,亲爱的

让它们的清新再次穿过我身体:

我想感受改变我命运的那份温柔。

我要你活着,而我在沉睡中等你。

我要你的耳朵继续听见风声,我要你

闻到我们一起爱过的大海的香气,

继续走在我们走过的沙滩上。

我要我爱的一切继续活着,

还有你,我钟爱与赞颂的,远胜一切的你

继续繁茂,怒放:

这样你就可以抵达我的爱为你指引的一切,

这样我的影子就可以在你的头发上游荡,

这样万物就能认识到我歌唱的原因。

我以为

我以为，这种你爱着我的时间

终将逝去，另一种蓝色会取代它；

另一层皮会覆盖这同一块骨头；

另一双眼睛会看到这个春天。

那些人没有一个不想绑在时间上——

那些在烟雾中做交易的人，

官僚、商人、过客——没有一个

能在缠住他们的绳子上继续前进。

那些戴着近视眼镜的残酷偶像终将消失，

那些扛着书本的多毛食肉动物，

那些虱子，叽叽喳喳的鸟儿。

当大地重新洗刷一遍，

另一双眼睛将在水中诞生，

没有流泪，小麦将茁壮成长。

爱

我似乎仍能在每一扇窗里瞥见你。

PART 4

Others

集外选

假如白昼堕入……

假如每一个白昼

堕入每一个夜晚,那儿,

有一口井将清澈囚禁。

我们需要坐在

黑井的边沿,耐心地

打捞坠落的光明。

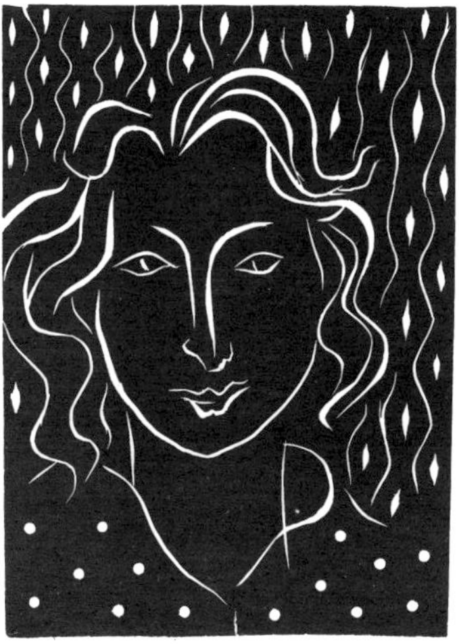

爱

因为你,在百花争斗的花圃,我因春天的香气而痛苦。

我忘了你的脸,我不再记得你的手;我们嘴贴着嘴,这感觉如何?

因为你,我喜欢上公园中打着瞌睡的白色雕像,那不会说话也看不见东西的白色雕像。

我已忘了你的低语,你快乐的呻吟;我已忘了你的眼。

就像花朵吐纳芬芳,我被绑在了对你的模糊记忆上。我生活在伤口一样的痛苦中;要是你碰我,你就会对我造成不可恢复的伤害。

你的抚摩紧缠我,就像藤蔓爬上悲凉的墙。我已忘了你的爱,然而,我似乎仍能在每一扇窗里瞥见你。

因为你,夏天那令人兴奋的香气使我痛苦;因为你,我再次寻找那些能激起欲望的迹象:流星、坠落的物体。

聂鲁达从瑞典国王古斯塔夫六世手中接过诺贝尔奖

聂鲁达就像

用捕蝶网捕捉秃鹫

Appendix

附 录

1971年诺贝尔文学奖颁奖词

瑞典学院
卡尔·拉格纳·吉罗

尊敬的陛下、阁下、女士们、先生们：

没有伟大的作家因诺贝尔奖而增光，是诺贝尔奖因这些获奖者而添彩——假如获奖者实至名归的话。那么，如何选择实至名归的获奖者呢？根据我们刚才听到的诺贝尔的遗嘱，奖项应当授予具有"理想导向"的作品。这不是纯正的瑞典语。一个人可能会在不理想的环境中工作；依王尔德的假设，一个人也可以成为理想的丈夫。"理想"这个词是指某种符合"合理期望"的事物。但这个解释对于诺贝尔来说还不够。在诺贝尔的时代，这个词还具有哲学意义。那时，"理想"意味着那些事物只存在于人们的想象中，从未真正存在于感官世界。理想的丈夫可能确实是这样，实至名归的诺贝尔文学奖得主却并非如此。

诺贝尔遗嘱的精神向我们揭示了他的意愿。这项荣誉必须归于能够增进人类福祉的贡献。其实任何不负艺术之名的作品都做到了这一点，不论它的创作是有着严肃的意义，还是只想轻松地博人一笑。遗嘱条款中想要说明的东西太多了，以至于没有给我们留下明确的信息。少数几个明确符合其中意义的例子之一便是今年诺贝尔文学奖的获得者——巴勃罗·聂鲁达。他的作品正是以其"导向"来增进人类福祉的。用只言片语来说清这一点是一项不可能完成的任务。总而言之，聂鲁达就像用捕蝶网捕捉秃鹫。聂鲁达，简而言之，是一个不合理的命题：本质突破了外部形态。

尽管如此，我们还是可以描述一下这个本质。聂鲁达在他的写作中所完成的就是"联结现实"。这听起来很简单，却可能正是我们面临的最困难的问题。他本人在《新元素颂歌》中用一个公式定义了它：人类与大地的和谐。他作品中的导向，这种可以被恰当地称为"理想"的导向已经由带领他到达那种和谐之境的路途指明了。而他的出发点则是孤立与不和谐。

在他青年时期所写的情诗中也是如此。《二十首情诗和一支绝望的歌》所描绘的是两个人在毁灭的阴影下的荒凉相逢,而他的下一部重要作品《大地上的居所》仍是"孤身处在变幻的事物中"。

转折点出现在西班牙。当他看到伙伴与同行的作家们被戴上镣铐并被处决时,他仿佛从死亡的阴影中解脱了出来,并开通了通向团结情谊的道路。他找到了被压迫者与遭迫害者之间的情谊。当他从内战的西班牙回到他自己的国家时,他发现了这种情谊,他的国家几个世纪以来都是征服者们的战场。但从与这片恐怖国土的情谊中,他也同样发现了它的丰饶,以及对过去的骄傲与对未来的希望。他看到的这些东西就如同东方浮现的海市蜃楼般发出了闪闪微光。因此,聂鲁达的诗变成了打着匡正旗号与未来愿景的政治与社会的檄文——《漫歌》尤其如此,其中的部分原因是它写就于聂鲁达因观点而在国内流亡的时期,他的观点是:他的国家属于他和他的同胞,任何人的尊严都不容玷污。

这部巨著不过是聂鲁达丰富创作成果中的一滴水。一整片大陆在他的诗句中觉醒。在这样磅礴的启示中要求节制，就像要求丛林井然有序或要求火山按捺自己。

聂鲁达的作品很难作为一个整体来看待的事实，也使他人难以意识到他已经完成了多少超越性的工作。他最近的一部诗集叫作《狂歌集》。这似乎是一个新的词汇，其中包含着挥霍与流浪、心血来潮与行侠好义。因为由《漫歌》开启的道路还很漫长，充满着丰富或苦涩的经历。而那恐怖的国土不止出现在地球上的一个地方。聂鲁达以被欺瞒之人的义愤看到了这一切。出于这两位被称为"大胡子"和"小胡子"的领导人在手段和装束上的相似性，往昔的偶像那随处可见的"长靴与大胡子的灰泥神像"，现今将被一种日益无情的视线审视。但与此同时，聂鲁达也被引领到了同爱情与女性，生命的本源与延续的一种新关系当中。或许对此最美丽的表达来自他近年来的另一部杰作——《船歌》。没人能够预测聂鲁达的道路将会把他引向何方，但其导向已经确定了——人类与大地的和谐。而我们将满怀期待地追随这首杰出的诗作,它带着一片觉醒的大陆的生机,如同大陆上的一条河流,愈接近河口、大海,便愈雄浑、壮丽。

尊敬的诗人先生,

您的《狂歌集》已经带您走过了许多遥远的国度与时代。曾经,它带您去往了一片矿区,矿工们在这片真正属于您的土地上绘制了一幅致敬之作,上面写着"欢迎聂鲁达"。这是被压迫的人的尊严对您这位代言人的致意。如今,您的环球之旅将您带到了这里:这个您曾经歌颂过的铜绿钟楼之城。我再次致以同样的敬意:欢迎,聂鲁达。我代表瑞典学院向您致以祝贺,并请您从国王陛下手中接过今年的诺贝尔文学奖。

获奖致辞：向着光辉之城

巴勃罗·聂鲁达
1971 年 12 月 13 日

    我的演讲将是一场漫长的旅程，在这场旅程中，我穿越了遥远的地带与地球的另一端，但这并不意味着斯堪的纳维亚的景致与荒凉有多么陌生。我指的是我的祖国也延伸到了南极。我们智利人离这里是那么遥远，以至我们的国界几乎与南极相接，这让人想起瑞典的地理环境，它的北部已经进入了这个星球白雪皑皑的北域。

    我被那些已经沉入遗忘之境的事物带回了我祖国那广袤的国土。在那里，人们穿越安第斯山脉去寻找我们与阿根廷的边境，我也被迫如此。大森林使那些难以通行的区域像是一条隧道；我们是违禁潜行，只有最微小的标志为我们指明方向。没有足迹也没有道路，我和我的四个同伴骑着马奋力走向我们曲折的前路，避开阻挡我们的巨树、不可跨越的河流、无际的悬崖和荒凉的雪原，盲目般寻找着自己的自由所栖的一隅。我的同伴们知道如何在森林茂密的树叶里辨识方向，但为了安全起见，他们还是用刀在树皮上砍下痕迹，好让他们在留我独自面对命运后循迹返回。

我们每个人都在这种无尽的孤独感中前行。与我们相伴的是树木与粗壮的藤蔓植物那葱绿与苍白的沉默，层层沉积了几个世纪的土壤和突然倒下，成为我们障碍的倾斜树干。我们身处一个令人眼花缭乱的隐秘自然，它同时也滋生着寒冷、冰雪和危险。孤独、危险、沉默和我使命的紧迫性，一切都融为一体。

有时我们踏着或许是由走私犯或罪犯逃亡时留下的微弱痕迹，却不知道他们中的多数是否已经身亡。死于寒冬的冰冷手笔和安第斯山脉突如其来的肆虐雪暴，那雪暴会将他们吞没并埋葬在七层楼高的白雪之下。

在小路的两边，我能观察到有些迹象透露出了人类的活动。那里堆积着已经历经无数个寒冬的树枝，这是千百个旅人为那些被匆忙掩埋的逝者献上的贡品。如此，过路的行人便能想起这些无法坚持下来，只能永远留在白雪之下的前人。我的战友们也砍下了树枝，有些是擦过我们的头顶，从巨树上蜿蜒下来的，有些则来自最后一片叶子在冬季的风暴来临前就已经飘落的橡树。我也为每个土堆献上了祭品，我以一片来自树木的名片或是一根来自森林的树枝来装饰这些无名旅人的坟茔。

我们必须穿过一条河流。在安第斯山山顶上有许多小溪，它们以令人目眩的狂放气势湍飞而下，形成用从山巅携来的磅礴之力搅动土石的瀑流。但这次我们找到了平静的水流，那是一片可以涉水而过的，一片宽广如镜面般的水面。马匹走进河里溅起水花，在失去立足点后游向对岸。我的马很快就要被水淹没了，我开始在没有支撑的情况下上下浮动，在我的马拼命仰头保持头部在水上时，我的脚也在绝望地挣扎着。然后我们就渡过了那条河。刚到对岸时，经验丰富的乡下人带着难掩的笑意问我：

"刚才害怕吗？"

"非常害怕。我还以为自己要死了。"我回答道。

"我们拿着套索，就跟在你后面。"他们说。

"就在那里，"其中一个人补充道，"我父亲摔倒之后被水流卷走了。但你没事。"

我们继续前进，直到来到一条天然隧道。这条隧道或许是由某条消失了的雄壮河流在伟岸的岩石间穿凿而来，也可能是在这些高地形成时由地震塑造出的，我们走进去的地方是在花岗岩上雕出来的。只走了几步，我们的马就因为想要在不平整的石头表面站定而开始打滑，它们的腿打着弯，马蹄铁在岩石上打出火花——好几次我都以为自己会摔到石头上。我的马口鼻和腿都在流血，但我们继续坚持，走在这条漫长、艰难但景色奇绝的路上。

有什么东西在这片蛮荒的原始丛林中等着我们。仿佛在某种奇异的幻觉中，我们突然来到了一片被岩石簇拥在中间的美丽草坪：清澈的水、如茵的草、野花、潺潺的小溪以及上方的一片蓝色天堂，还有一股没有树叶遮挡的光的洪流。

我们在那里驻足,犹如步入一片奇境,在圣地做客一般;而我现在参加的典礼就更有神圣的氛围了。牧民们从马上下来,在空地的中央,像某种仪式一样摆着一个牛的头骨。牧民们默默地排队走近牛头,把硬币或食物放进骷髅的眼窝里。我也加入了这场为迷失的旅人、所有流民而进行的祭祀,他们会在这具骷髅的眼窝中获得面包和善意。

但这个难忘的典礼并没有就此结束。我的乡下朋友们摘下帽子,跳起了奇异的舞蹈。他们绕着那个被遗弃的牛头骨单脚跳跃,踩在由前人留下的环形足迹中。在我神秘的同伴身边,我隐约意识到,即使是在这个世界上最为遥远孤寂的荒野之中,陌生的人们之间也有一种联系、关照、呼唤与回应。

再往前走,就在我们到达让我与祖国分离多年的边境之前,我们在夜晚来到了山脉间的最后一个山口。突然,我们看到了火光,这是人类存在的确凿迹象。我们走近后发现了一些损毁的建筑,这些可怜的小屋看上去已经被遗弃了。我们走进其中一座,看到了地板上燃烧的树干中的火光,巨树的残骸日夜燃烧,从屋顶的裂缝中冒出的烟雾犹如在黑夜中腾起的深蓝面纱。我们看到了堆积如山的奶酪,这些奶酪是当地人在这片高地上制作的。火堆附近躺着几个看起来像麻袋一样的人。在寂静中,伴着我们旅途中听到的第一个人声,我们可以辨认出几个从余烬与黑暗中飘出的吉他曲调和歌词。这是一首关于爱和距离的歌,是对爱的呼唤和遥远春天的渴望,对我们离开的城镇,对无限广阔的生活的渴望。这些人不知道我们是谁,他们对我们的逃亡一无所知。他们从没听说过我的名字或我的诗歌;又或许他们听说过,或许他们认识我们?后来,我们在这个篝火旁唱歌、吃饭,然后在黑暗中进入一些简陋的房间,这些房间里流淌着温暖的泉水,我们用火山泉沐浴,温暖从山脉中流出,以它的胸襟接纳我们。

我们快乐地嬉戏,就好像把自己从马背上的长途旅行的重压中挖掘、解放出来,我们感到清爽、新生、洗礼。黎明时分我们开始了让我逃离故土的那几英里旅程。我们骑着马、唱着歌离开那里,心中充满了崭新的气息,带着一种力量，正是这种力量将把我们投入到世界那等待我们已久的广阔大道上。我清楚地记得，对于那些山中居民的歌声、食物、温泉以及为我们提供的床铺，我更愿意说成是天堂般的庇护所降临到了我们的旅途中，我们试图给出几个硬币作为答谢。但我们的谢礼被拒绝了。他们只是帮助了我们而已，别无其他。在这个无言的"无"中藏着一些之前我意识到了的东西，也许是一种共识，也许是同一种梦想。

女士们、先生们，

我从未在书本上学到过任何写诗的诀窍。而我也会避免给写诗的新人任何可能给他们带来丝毫所谓洞察力的，关于形式或风格的建议。我之所以在这次演讲中讲述了那些往事，在这个与过去截然不同的地方重提那些从未被遗忘的经历，是因为在我生命的历程中我总能在什么地方找到正确的言辞和方式，这不是为了故步自封，而是为了言说自己。

在这个漫长的旅程中，我找到了创作诗歌所需的要素。在那里我得到了来自大地与他人灵魂的援助。我相信诗歌是一种行动，无论它是短暂的还是庄严的；在其中，孤独和团结、情感与行动，接近自己、接近人类与接近自然的神秘现象都是平等的要素。我同样坚信人与他的影子、人与他的行为、人与他的诗作——这一切都将经久不衰。因一种不断扩大的群体意识、因那永远将我们的梦想与现实联系在一起的努力而经久不衰，因为这正是诗歌将它们结合并融为一体的方式。所以我说，这么多年过去之后我还是不知道在我渡过湍急的河流，在牛的头骨旁跳舞，用山巅的净水清洗身体时涌出的那些教训是为了让我去将它们传递给他人而出现，还是它们本身就只是他人传递给我的一种要求或指责。我不知道我是经历了这一切还是创造了这一切，我不知道这一切是真理还是诗歌，是过客还是永恒，是我现在经历的诗意，还是我即将写进诗句的经历。

朋友们，从这一切可以看出，诗人必须通过他人来学习一种洞察力。没有不可逾越的孤独，所有的道路都通向同一个终点：向他人传达自我。我们必须经过孤独和苦难，隔绝与寂静来达到那片可以容我们跳起笨拙舞蹈、唱起悲伤歌谣的奇境——在这支舞蹈或歌曲中，我们在身为人类的意识与对共同命运的信念里完成了内心那最古老的仪式。

事实上,尽管许多人认为我是一个宗派主义者,无法在友谊与责任的台面上找到位置,我也不想为自己辩护,因为我认为指控和辩护都不是诗人的任务。归根结底,没有哪一位诗人可以统治诗歌,如有一位诗人自命不凡地指责同行,或是有另外一位诗人将生命浪费在对有端或无端指责的辩护上的话,我深信只有虚荣心才能将我们误导至此。我认为诗歌的敌人不是那些创作诗歌或守护诗歌的人,而仅仅是诗人中缺乏的共识。因此一位诗人除了自己缺乏的能力,让同时代那些最被忽视、最受压迫的人理解他的能力之外,没有什么其他值得一提的敌人。这适用于所有的国家与时代。

诗人不是"小上帝"。不,他绝不是"小上帝"。他不是被神秘的命运选中,比从事其他职业的人更优越的人。我一直坚持认为,最好的诗人是那些为我们准备面包的人:我们身边的面包师傅,他并不自视为神。他以庄重而朴素的方式揉着面团,将它们送入烤箱,烤出金黄的色泽并将我们每天吃的面包视为一种情谊中的义务递给我们。而如果一位诗人成功地践行了这种精神,那么他也将成为一场伟大实践中的一个元素;他将以一种简单或复杂的结构完成团体的建设,并促进人类生活环境的改变,传递面包、真理、红酒、梦想这些人类的造物。如果一位诗人加入到了这样一场永无休止的斗争中来,将他的事业、付出与温柔延伸到每一个人的手与日常生活中,那么诗人就必须参与,也将会参与到汗水、面包、红酒和全人类的梦想中去。只有通过成为普通人这种不可或缺的方式,我们才能归还诗歌那在每个时代都会削去一点的宏大广度。就像我们自己在每个时代都会被消磨一部分一样。

那些引我走向相对真理的错误和那些使我重复犯错的真理不允许我——我也从未要求——找到我的创作过程,引领我走上文学中难以到达的高峰。但我明白了一件事——正是我们自己通过创造神话召唤出了这些魂魄。从我们使用或希望使用的事物中,出现了阻碍我们自身与未来的障碍。我们不可避免地被带向了现实和现实主义,这代表着我们间接地意识到了周围的一切事物和变化。然后,虽然似乎为时已晚，我们仍会看到：我们竟建立了残杀生灵这样巨大的障碍，而非协助生命成长盛开。我们强迫自己接受了一种事后证明比建筑物的砖石更沉重的现实主义，却没有造出对于我们的任务而言不可或缺的建筑。而在相反的情况下，如果我们成功造出了难以理解的偶像，或仅仅是极少数人可以理解的偶像，排他而隐秘的偶像；如果我们排斥现实及其真实的倒退，那么我们就会突然发现自己处在一个寸步难行的境地，一片由叶子、泥土和云构成的沼泽，我们的脚陷入其中，窒息于无法交流的困境。

就我们这些来自遥远而广袤无垠的美洲作家格外关心的，我们不断倾听着召唤：要用存在的血肉去填满那巨大空虚。我们对自己作为应召者的义务有所认知——与此同时，我们承担着一种不可避免的任务，在世界里进行批判性的沟通，而这个世界并不因为其空虚而有更少的不公、责罚和痛苦——我们也同样感受到了重新唤醒古老梦想的责任，它们就沉睡在那远古废墟的石像中，沉睡在这颗行星辽阔寂静的平原上，沉睡在茂密的原始丛林和怒涛如奔雷般咆哮的河流中。我们必须用文字填满这个世界上最遥远、最沉默的地方，我们为这个制造寓言并为之命名的任务而陶醉。这或许是我自己这个微不足道的例子中的重点，若是如此，那么我的夸张、我的多产、我的言辞都不过是一个美洲人最简单的日常事件。我的每一首诗都选择成为一个实在的事物；我的每一首诗都声称自己是一件发声的乐器；我的每一首歌都致力于成为空间中两条路径相遇时的路标，或是一块石头，或是一块木牌，上面能有人，有别人，有那些后来者刻下新的路标。

通过将诗人的责任延伸至这些极端结果，无论是真理还是谬误，我都决定在社群与生活中采取一种谦卑的姿态旁观。我做出这个决定是因为我见证了那么多的充满荣耀的祸事，孤独的胜利与辉煌的失败。在美洲这个竞技场上，我看到我身为人类的任务无非是加入人民组织起来的广大力量，与那些生命和灵魂一起承受痛苦与希望，因为只有在这个伟大的洪流当中，必要的改变才能发生在作者和国家身上。即使我的观点引起了激烈或友好的反对，真相也是如此，我无法为我那残酷而广袤无垠的国家中的其他作家找到别的方法。如果我们希望黑暗绽放；如果我们关心那数以百万计的，不会读我们的文字，也不会读其他任何文字，无法写给我们，也无法写下任何东西的人们；让他们像回家一样回到尊严中去，因为没有尊严他们就无法成为完整的人类，那么这就是唯一的方法。

我们继承了这种残缺的公众生活，背后拖曳着几个世纪的谴责。最接近天使的人民，最纯洁的人民，那些用石头和金属建造了令人赞叹的塔楼、闪耀炫目的珠宝的人民——却在殖民主义的恐怖时代中突然被掠夺、噤声，而那些时代仍在这里徘徊不去。

我们最初的指路之星是斗争和希望。但是这世界上没有孤独的斗争和孤独的希望。在每个人身上都融合了远古时代的被动、错误、苦难和我们自己时代的紧迫与历史脚步。但是如果，举例来说，我以某种方式为维护伟大美洲的封建历史做出了一些贡献会怎么样呢？如果我不能为参与了我的祖国现在发生的一些变化而感到些许自豪，哪怕是最小程度上的自豪，我又怎么能在瑞典给予我的荣誉的照耀下扬起头颅呢？有必要看一看美洲的地图，把自己置身于她的灿烂多彩面前，簇拥着我们的宇宙的慷慨面前，去理解为什么那么多作家拒绝讲述过去的耻辱和劫掠，拒绝诉说黑暗之神从美洲人民那里夺走了的事物。

我选择了一条分担责任的艰难路途。与其把一个人当作整个体系的太阳和中心来崇拜，我更愿意谦逊地为一支光荣的军队效劳。这支军队虽然偶尔会犯错，但它每天都不断前进，每天都与那些顽固不化的时代遗毒和急于求成的专断之人斗争。我相信我作为诗人的职责不只是同玫瑰、对称的和谐之美、崇高的爱与无尽的渴望结下友谊，还要与不屈不挠的人类事业建立友谊，我已经将这项事业融入了自己的诗歌中。

今天，距离一位不幸的杰出诗人，所有绝望的灵魂中最令人敬畏的一位写下这则预言已经整整一百年了。他写道："我们在燃烧的忍耐中武装，随着拂晓进入光辉的城镇。"

我相信梦想家兰波的这则预言。我来自一片黑暗的土地，一个因其地理上的陡峭轮廓与其他地方隔开的土地。我是最孤苦的诗人，我的诗歌是乡土、压抑、多雨的。但我始终相信人类。我从未失去希望。或是正是因为这样，我才能以我的诗歌和我的旗帜走到这里。

最后，我想对善良的人们，对工人，对诗人们说，兰波的话已经描绘出了未来的全部图景：只有怀着炽热的耐心我们才能征服那座为全人类带来光明、正义和尊严的光辉之城。

因此，吟诵诗歌绝非徒劳无功。

图书在版编目（CIP）数据

二十首情诗和一支绝望的歌/（智）巴勃罗·聂鲁达著；张羞译.—广州：广东人民出版社，2024.1
ISBN 978-7-218-17217-0

Ⅰ.①二… Ⅱ.①巴…②张… Ⅲ.①诗集—智利—现代 Ⅳ.①I784.25

中国国家版本馆CIP数据核字（2023）第230796号

ERSHI SHOU QINGSHI HE YI ZHI JUEWANG DE GE
二十首情诗和一支绝望的歌

〔智利〕巴勃罗·聂鲁达 著　　张羞 译　　版权所有　翻印必究

出 版 人：肖风华

责任编辑：钱飞遥
产品经理：周　秦
责任技编：吴彦斌　周星奎
监　　制：黄　利　万　夏
特约编辑：邓　华　周好枰
营销支持：曹莉丽
装帧设计：紫图装帧

出版发行：广东人民出版社
地　　址：广东省广州市越秀区大沙头四马路10号（邮政编码：510199）
电　　话：（020）85716809（总编室）
传　　真：（020）83289585
网　　址：http://www.gdpph.com
印　　刷：艺堂印刷（天津）有限公司
开　　本：787mm×1092mm　1/32
印　　张：7　字　数：95千
版　　次：2024年1月第1版
印　　次：2024年1月第1次印刷
定　　价：69.90元

如发现印装质量问题，影响阅读，请与出版社（020-85716849）联系调换。
售书热线：（020）87716172

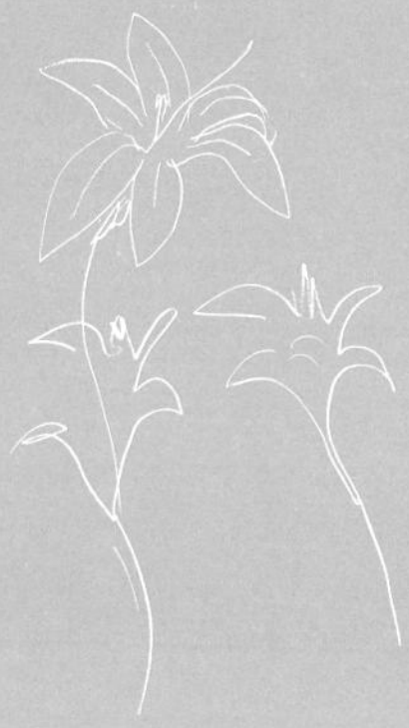

pablo
neruda